走进精灵王国

和克林克斯一起去探险

克林克斯

·丛林奇幻故事·

雪猎人

〔意〕阿里桑德罗·加蒂 著

尹明月 译

全国优秀出版社
浙江少年儿童出版社
· 杭州 ·

克林克斯和精灵王国的朋友们

十岁,满脑子奇思妙想,长大后想当一名发明家。他热爱在精灵王国的新生活,多次用自己的智慧帮助王国度过危机,因此,朋友们都亲切地叫他"克林"。

克林克斯

格琳

尤可

八岁,格琳的弟弟。怕黑,爱吃脆酥点心。他平常最大的乐趣,就是取笑他姐姐的衣着打扮。

十一岁,精灵王国的小女孩,热情聪明,喜欢穿用玫瑰花瓣装饰的衣服。她很喜欢打趣她的弟弟尤可。

一只可爱的松鼠,格琳和尤可最要好的小伙伴,说起话来比两个人还能说,吃起东西来那是三个人的量。如果举行讲笑话比赛,没人能赢得过它!

瑞洛

奇妙的树上之城——佛隆多萨的女王,热爱她的子民,公平公正治国。她喜欢雪莲花和水果茶。

婕美妮亚

女王最亲近的参谋。非常热爱这座城市,总是为弱势群体说话。他只有一个小缺点,那就是太啰唆啦!

法拉巴斯

一场丛林探险·一部成长奇遇

在一个漆黑的暴风雪之夜,小男孩克林克斯骑着自制的电动雪橇,无意间闯入了森林深处的神秘王国——一座树上之城。这里生活着许许多多的精灵,他们娇小热情,住在树洞建成的小房子里,以树枝为道路。在这里,克林克斯结识了三个新朋友:格琳、尤可姐弟俩和一只会叽叽喳喳讲笑话的松鼠。他们组成一支冒险小分队,开始了一次次拯救精灵王国的探险之旅……

本集故事
《雪猎人》:寻找马戏团的冒险之旅

目　录

不一样的冬天

在佛隆多萨城，每个居民都知道，"四桩集市"的西边是一条车水马龙的"七叶树大道"，沿着大道走上不到半个小时，就会来到这座城市的边缘。从那儿开始，大道渐渐变成一条在森林间蜿蜒向前的小路。而沿着小路再走上几分钟，树木会变得越来越稀疏，视野也越来越开阔，直到来到一处小斜坡，佛隆多萨人管它叫作"驴背"。

春天的时候，这儿是一道叮咚作响的小瀑

布,瀑布底下的荆棘丛里长满了可口多汁的桑葚,所以,天气好的时候,总能见到三五成群的佛隆多萨人来这里踏青游玩。不过,到了冬天就全然是另一番景象了。大雪像一块厚毯子覆盖在斜坡上,万物仿佛都陷入了沉睡,只有呼啸的北风偶尔打破这冰冷的寂静……

通常都是这样。不过,今年冬天这里有些不同于往常,只听一阵激动的叫嚷声从雪坡上传了过来。

"好了吗?可以出发了吗?"尤可用不耐烦的声音问道。

"别吵了!"姐姐格琳冲他吼道,"你让克林安静地准备,行不行啊!"

克林克斯·科尔特奇亚此时正专心地搬弄着一个"大物件"——一辆造型奇特的木车,两边

各有一块长木板支撑着。

"一定没问题的!"他自信地说,"它不仅能刹车,还能转弯!"

"是吗?"瑞洛在一旁笑道,"没准儿还能翻个底儿朝天!"

"翻什么翻啊!"尤可立刻反驳,"克林可是位发明家,他自己发明的东西自己还没把握吗?"

"没错,"格琳也赞同说,"克林的发明哪次没有派上用场? 呃……除了那个爆炸的榛子烤炉。"

回想起那个窘迫的场面,克林克斯不好意思地做了个鬼脸。不过,俗话说得好,失败是成功之母嘛。

"我发誓,这次的滑雪车一定能安全地滑到坡底!"他无比自信地说。

"雪坡上可到处都是支出来的树杈和荆棘哦……"瑞洛仍然心存怀疑。

"那都不是问题。我可以避开它们,要打赌吗?"克林克斯挑着眉毛问道。

听到这话,瑞洛的眼睛瞬间亮了起来。

"这主意不错,打赌就打赌!如果你能不翻车,顺利地滑下去,我就请你去酒馆喝一杯香浓的蜂蜜水;但如果你跟我想的一样,在中途翻了个四脚朝天,你就要请我去你家大吃一顿烤栗子。怎么样?"

"快答应下来,克林!让这只老松鼠好好瞧瞧!"尤可在一旁煽动道。

克林克斯当然毫不犹豫:"输了可不许耍赖哟!"

这时,一片雪花缓缓地飘落在格琳的小鼻子

上。她抬头望了望银白色的天空,似乎又是一场大雪即将到来。

"我们得赶在雪下大之前赶紧行动。"她说。

"没错。"克林克斯赞同地说,"快来,大家全都上来!"

"祝你们栽……哦不,是滑得漂亮!"瑞洛冷笑着祝福道,"我就先到下面去等着欣赏你们的风姿啦!"

"当然了,老松鼠,你即将欣赏到你这辈子见过的最精彩的滑雪!"克林克斯说着,跳上了滑雪车驾驶位,格琳和尤可则分别跳进了他大衣两侧的口袋。

"准备好了吗?"

"准备好了!"洛比克姐弟齐声大喊道。

"那我们就出发啦!"随着话音落下,克林克

斯用双手猛地一撑两边的木板,滑雪车轻轻一跃跳上了斜坡。起初它只是非常缓慢地在雪地上滑行,然后,速度越来越快,越来越快……

"妈呀!"格琳尖声大叫,眼看着他们朝前方那簇灰白色的荆棘丛疾速冲去。

"啊啊啊!"尤可的叫声也不比姐姐的弱。他感觉自己的心跳都不规律了,然而,内心充满了一种从未有过的兴奋。

"抓紧了!"克林克斯大喊道。

他抬起右侧的木板,滑雪车瞬间猛地向左边拐了过去。眼看这辆破木车一下失去控制,马上就要翻了。

洛比克姐弟再一次尖叫起来,紧紧抓着克林克斯的大衣。瑞洛原本在雪坡上正往下飞奔,听到尖叫声立刻停了下来。它转过头去看他们,笑

弯了腰。

"哈哈哈,我就知道……"

然而,克林克斯用力按了一下滑雪车的尾部,它竟然重新恢复了平衡,然后,再次全速滑了起来。

"你太棒了!"尤可激动地大叫。

接下来,在不断躲避荆棘丛的过程中,克林克斯滑得越来越熟练。他已经可以精确掌控滑雪车的滑行轨迹,在一个又一个障碍中快速穿行。这场"驴背"上的滑雪之旅似乎已经取得了完全的成功。

克林克斯从未如此兴奋。他转头看了看格琳和尤可,大声叫道:"看到了吧?这就叫完美的滑行!"

然而,或许就因为这一下的大意,也或许因

为开始变密的雪花模糊了他的视线,克林克斯竟没有注意到前方出现了一处小落差。在极快的速度下,滑雪车腾空飞了出去。三人还没来得及

叫出声，便被甩出滑雪车，直接栽到了雪坡底部。这到达的方式可跟他们想的不太一样，三人倒栽葱似的倒在雪地里，尤其是克林克斯，整张脸都埋在了冰冷的白色粉末下。

"好吧，居然又跟那晚一样。"他心想。

一年前的那个晚上，他开着自己偷偷发明的电动雪橇，从格雷洛克的工厂里逃出来后，却在大森林里迷了路。就是那晚，他栽倒在雪地里，抬起头时，却看到黑暗中布满了星星点点闪耀的灯光，那便是他见到佛隆多萨的第一眼。

不过这一次，他抬起头时，却只看见笑破了肚皮的松鼠瑞洛。

"有什么好笑的。"他站起来一脸严肃地说，"不是滑雪车的问题，只是我一时疏忽……"

"嗯，也许吧。"瑞洛抢过话来说，"不过，这跟

我们打的赌一点儿关系也没有。我们说好的,如果你翻了车,就要请我吃大餐……克林,你不会反悔吧?"

"唉,不可否认,我们确实翻了车。"格琳一边说,一边抖掉身上的雪。

"我们这算是滑还是飞啊?哈哈哈!"尤可说着,前俯后仰地大笑起来,感染得大家也都跟着笑起来。

"好吧。"克林克斯笑得眼泪都出来了,他缓了一会儿说,"正好我也想吃烤栗子了,那我们现

在就去取一些回来?"

下午的活动计划定为饱餐一顿,当然没有人反对。于是,大家踏着雪往城里走去。

一个小时以后,克林克斯弯着腰从王室仓库里钻了出来。他小心地系好装满栗子的背包,一抬头,却惊讶地发现几缕暖黄色的微光从干枯的树枝间穿了过来。

"嘿,雪停了!"他愉快地叫道。

"是啊……好遗憾!"尤可叹着气,熟练地爬上克林克斯的肩膀。

"遗憾?"格琳难以置信地冲他喊道,"你还想雪下多久啊?再过一会儿,整个佛隆多萨都会被大雪盖住,我们就得拿铲子从雪底下挖个通道才能出门!"

"然而,格琳,那正是我喜欢下雪的原因。"尤

可说。

　　克林克斯深深地吸了一口气。清新、冰冷、带着雪的清香的空气胀满了整个胸腔,他喜欢这种感觉。

　　此刻,他必须得说点儿什么,不然,姐弟俩又会像平时那样吵起来。

　　"白雪皑皑的森林的确特别美,是我最爱的样子。"他说,"但是,现在雪已经下得够多啦,不是吗? 明天我们就可以一起堆雪人了!"

　　姐弟俩都赞同地点了点头。

　　就这样,克林克斯成功地制止了一场还未开始的争吵。他满意地笑了笑,一脚踏进雪里,朝着自己的小屋走去。

　　半路上经过城里最高的一棵栎树时,一大团雪正巧落到他头上,连带着格琳和尤可也一起被

淹没了。

"哎呀!"克林克斯大叫一声。

"怎么回事?"尤可紧接着喊道。

克林克斯抬起头,心想肯定又是瑞洛在耍他们。但他并没有像想象中的那样见到瑞洛的影子,而是看到了法拉巴斯议员。他正站在高处的一根树枝上,手里拿着望远镜,一脸紧张地走来走去。看来,他是不小心把雪踢了下来。

"议员大人!"格琳一边拍着身上的雪,一边向他喊道,"您在那儿干吗呢?"

法拉巴斯微微探出身子向下看了一眼,又拿起望远镜着急地看了一眼远方,这才沿着一个木桥走到低处的一根树枝上。

"下午好啊!"他说道。

"发生什么事了吗?"克林克斯看出议员脸上

忍耐着的焦虑神情。

"唉，那可不是。"法拉巴斯叹了一口气，回答说，"明天就是'白枝节'了，但是'蜻蜓马戏团'到现在都还没有来。他们可是晚会最大的看点啊，本该上午就到的！"

"不会吧！"尤可吃惊地叫道，"这怎么行？我可是等了他们一年啊，他们可不能说不来就不来！"

"所有人都等着看他们呢。"格琳也同意说，"他们从来不迟到的啊！"

是的，所有人都知道，"蜻蜓"斯宾克和他的马戏团是出了名的严谨、准时。

"但是现在还看不到他们的影子……他们会去哪儿了呢？"

"或许走错路了。"克林克斯大胆推测。

克林克斯认真的口气却让法拉巴斯忍不住笑了起来。

"不会的,孩子。斯宾克他们从旱獭山来,那条路他们都走过千百回了。"

四人陷入了沉默,试图找出一个真正合理的解释。

突然,尤可嘀咕道:"该不会……"

"他们发生了什么事?"格琳瞪大眼睛补充道。

又是一阵长久的沉默。

这持续的沉默让克林克斯无法忍受,于是,他决定打破它:"好吧,现在唯一的办法就是别在这儿浪费时间了,赶紧出发去找他们吧!"

二

"雪之国王"

寒风从树枝间呼啸而过。克林克斯、格琳、尤可，还有刚赶来的松鼠瑞洛，此刻全仰头等待着法拉巴斯的回应，而后者正摸着大胡子在沉思。

"你说的确实没错。"法拉巴斯终于开口说道，"不过选择在这个时候上路，实在是有点儿冒险啊！"

"是吗？"尤可说，"您看，我们都裹得厚厚的

雪猎人
XUE LIE REN

呢,议员大人!"

法拉巴斯笑了笑。

"小伙子,我就是不确定你的围巾和帽子足不足以抵御……强大的'雪之国王'啊!"

所有人都满脸疑惑地看着他。

"强大的谁?"瑞洛代表大家问道。

然而,议员只是做了个别废话的手势。

"你们就信我老法拉巴斯的话吧!现在出发去寻找'蜻蜓马戏团',的确是个正确而勇敢的决定,但千万不能草率……"他说道。

远处，佛隆多萨的邮局外墙上的大钟正在敲响。

"哎呀！"法拉巴斯喊了一声，"没时间了，我得赶紧把这个坏消息告诉婕美妮亚女王去。我们一个小时之后见，行吗？我会向你们解释所有的事情。"

"没问题，议员大人。如果您确实觉得现在出发不妥……那么大家在我的小屋见，怎么样？"克林克斯说。

法拉巴斯沿着木桥往下走，再一个轻跳落在了雪地上。

"非常好！一会儿见，孩子们！"说完，他便向王宫的方向跑去。

"议员大人，我建议您把肚子腾空了再来哦！克林克斯要为大家准备一顿烤栗子大餐！"

瑞洛大声叫道,显然只有它还没有丢失原有的好心情。

佛隆多萨笼罩在浓重的夜色中,白雪覆盖下的城市一片寂静,万家灯火渐渐点亮。而"蜻蜓马戏团"迟迟未来的消息也在人们口中传开了。此时,黑暗寂静的森林中,一扇扇点亮的窗户背后,每户人家都在悄悄谈论着这件事,大家都隐隐有些担忧。只是一次简单的迟到,还是他们永远也不会来了?如果是后者的话,"白枝节"的晚会还有什么可看的呢?

在克林克斯的小屋里,大家吃着香喷喷的栗子,同时也在继续着下午的话题。

"强大的'雪之国王'是佛隆多萨的古老神话中人们对冬季的敬称。"法拉巴斯解释说。

"啊……我还以为是什么呢!"尤可失望地嘟

嚷道。

"没错,杜丽普老师上课时也是这么说的,我想起来了。"格琳说。

"很好!"法拉巴斯喝了一大口百花酒,接着说,"那她肯定也告诉你们了,千万不要轻视'雪之国王'。"

"可是,议员大人,"尤可说,"我觉得'雪之国王'肯定是个好国王啊,就像我们的婕美妮亚女王一样。虽然它会带来寒冷,但是也会带来雪花。白雪让一切都变得更美了。"

"没有人说它是个坏国王。"法拉巴斯回答道,"祖先们留下的传说是告诉我们,一定要尊重'雪之国王',因为一旦我们不尊重它,它就会变得异常残暴……我是知道的!"

"真的吗?"格琳惊讶地问,"您见过'雪之国

王'发怒吗,议员大人?"

"当然了。我年轻的时候还十分莽撞。有一次,女王派我去出使豪猪王国,那时正好是严冬……"法拉巴斯慢慢讲述道,"也是在'白枝节'的前夜,就像今天一样。我不想错过这个盛大的晚会,任务完成后,当天下午就立即出发往回赶。那时,有一个老使臣跟我一起,他让我看天边地平线上的一大团乌云……但是我一心想回家,觉得不惜一切代价都要回家,所以,并没有理会他。结果,我们刚走了不到一个小时,就遇上了暴风雪……那真是一场噩梦啊!整个世界仿佛都消失不见了,甚至我们自己也即将被完全吞没在那白色的旋涡中。但幸运的是,在这危急时刻,我们竟碰巧找到了一个小山洞,这才躲过一劫。从那以后,我就明白了,一定不能和'雪之国

王'开玩笑。"

克林克斯再次想起了一年前的那一晚,他从格雷洛克的工厂里逃了出来,也是因为暴风雪,他迷了路。

"议员大人说的没错。"他说,"我也见识过'雪之国王'的怒气,即使是我最痛恨的敌人,我也不愿看到这怒火降临到他身上。"

"哪怕是提普萨尔王子?"瑞洛笑道。所有人都知道,这位嫉妒心极强的王子跟克林克斯可是死敌。

"对,哪怕是他,我也不愿看到。"克林克斯淡然地微笑道。

格琳每次思考问题的时候,就会用手指卷起一缕头发搅弄着。

"你们觉得,斯宾克的马戏团会不会是遇上

了同样的事情，在往佛隆多萨来的路上被暴风雪困住了？"她问道。

"有可能，但也说不准。"法拉巴斯抚着大胡子说。

尤可焦躁地叫起来："如果我们不去找找，怎么知道呢？"

法拉巴斯被逗得大笑起来。

"你真是跟我年轻时一模一样啊，十足的冲动派！"他说，"天气预报说，明天会是个大晴天，你们查好地图，带好装备，明早出发也不迟。"

听到议员总算同意了，尤可的眼睛立刻亮了起来："哇，终于又可以去探险了！"

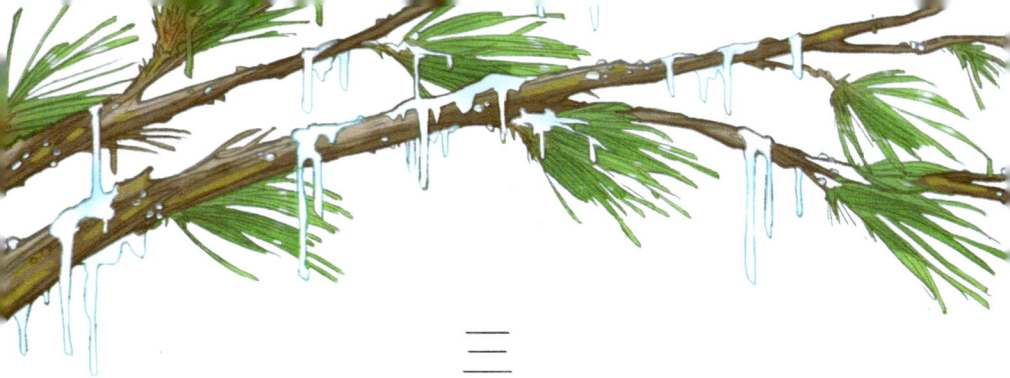

三

又一场探险

一夜平静无事。

第二天一早,暖洋洋的晨光为白雪覆盖的森林镀上了一层金色。八点整,洛比克姐弟和松鼠瑞洛已经准时出现在了克林克斯的小屋前。

克林克斯透过窗户看见了他们,赶紧开门出来,只见他们在阳台上笔直地站成一排,一个个昂首挺胸,像即将出征的士兵一样。

这让克林克斯回想起,有一次恩格哈德的伯

爵在节日里检阅军队的场景。于是,他决定也来效仿一次。他高高地挺起胸膛,摆出一脸严肃的表情,从高处俯视着他的冒险小分队。

"洛比克姐弟,你们的着装确保足够暖和了吗?"他故作高傲地问道。

"当然啊,克林!"尤可信心满满地回答,"格琳和我都戴了最保暖的手套和帽子!"

"连棉袄都放了双倍的棉絮!"格琳补充说。

"嗯,很好……你呢,松鼠?"他又问瑞洛。

"我有一身超级保暖的松鼠毛,还有一层专门御寒的肥膘,科尔特奇亚大人!"

"那层肥膘确实不是一般的厚!"格琳窃笑道。

克林克斯再也演不下去了,大笑起来。

"那你呢,克林?"格琳问,"你那个大袋子里

装的是什么?"

　　"我们不知道马戏团到底发生了什么事,他们可能是被大雪困住了,也可能是掉进了冰缝里,"克林克斯解释说,"所以,我带了绳子、破冰

斧,还有一些可能用得着的东西。然后……"

"然后什么?"其他人着急地问。

"然后……我还带了一个秘密武器!"克林克斯一脸神秘地回答。

"秘密武器? 太棒了,克林! 是什么秘密武器?"尤可好奇极了。

姐姐格琳朝他翻了个白眼,嫌弃地说:"我的天,真是笨……都说了是'秘密武器',还能告诉你是什么吗?"

"这倒是……但我真的好奇得要发疯了!"尤可说。

克林克斯做了一个"什么都不会说"的手势。洛比克姐弟又跟平时一样吵了起来。

伴随着这熟悉的"背景音乐",冒险小分队上路了。

又一场探险

　　他们首先要穿过佛隆多萨城,然后走上去往西边的小路。如今,佛隆多萨的居民已经习惯了看见巨人克林克斯出现在他们的城里,而且,所有人都知道他们四个要去干什么。

　　"一路平安,克林克斯！请一定把'蜻蜓马戏团'带回来,拜托了！"一个木匠站在刚打开的店门口对他说。

　　"祝你们顺利！我们太期待马戏团的新表演啦！"不远处,一个正在阳台上晾衣服的妇人也对他们说。

每路过一个地方，就会从各个角落传来对他们的问候、祝福和鼓励。

"看见了吗？大家都指望着我们呢。"克林克斯说，此时他们已经走到了城边，"我们一定不能让大家失望！"

他示意大家各就各位：格琳和尤可坐在他的肩上，瑞洛照例跳进了他的大衣口袋里。

这一天是这个冬天里难得的好天气，阳光照在披着白雪的大地上，闪着熠熠的光。

两个小时后，冒险小分队终于走出了森林。接下来，他们需要费力地爬一座山。一路上，他们丝毫没有发现"蜻蜓马戏团"的踪影。

终于，冒险小分队来到了山顶。山顶上视线开阔，整个山谷一览无余，还有一块冒出雪地、可以用来歇脚的大石头。

尤可拿出望远镜,朝旱獭山望去。

"看见什么了吗?"格琳急切地问。

"什么都没有,"尤可叹了口气,回答道,"除了雪还是雪。"

"他们可能已经走过那儿了。"克林克斯猜测,"我们先填饱肚子再说,吃饱了才有力气赶路。"

雪猎人

XUE LIE REN

在大石块上找了个舒服的位置坐下后，大家开始咔嚓咔嚓地嚼起香脆的杏仁甜饼和烤栗子，又喝了些克林克斯珍藏的蜂蜜水。

吃完饭，瑞洛舒服地伸了个懒腰，一副准备打个小盹儿的架势。

克林克斯一看，赶紧瞪了它一眼，说："休想，松鼠！赶紧起来，冬天的白昼可短得很，要是再走一段路还是找不到马戏团，我们就必须在天黑之前赶到'四方堡垒'。"

没错，这就是他们前一天晚上通过研究地图以及法拉巴斯的建议，制订好的行程计划：如果他们什么都没找到，就得赶到"四方堡垒"去过夜。因为那里有佛隆多萨的士兵看守，能确保他们的安全，而且，那附近有一个藏在山洞里的仓库，大小足以容下克林克斯。他们出发前，法拉

巴斯已经派信使前去告知了那里的士兵们——冒险小分队要来过夜。

因此，即便瑞洛万般不情愿，大家还是立刻上路了。格琳看着地图指路，尤可拿着望远镜时刻巡视着周围。他们沿着另一侧的山坡下山，又走了快一个小时。接着，他们来到了一处布满碎石和冰瀑的陡坡，地图上标记为"伊思德利险坡"。这里的积雪比之前的更深，克林克斯走得越来越费力。

"我的天……我不行了！"他终于叹息一声，无力地仰面倒在雪地上。

格琳和尤可难以置信地看着他："不行了？'不行了'是什么意思？"

"难道是……"

"我们要被困在这里了？"

克林克斯摇了摇头，笑着说："你们别急啊，我只是得穿上……这个而已！"说着，他从袋子里抽出两个奇怪的东西。

"这是什么啊？"格琳好奇地看着它们。

"这是我新发明的雪鞋。"克林克斯骄傲地说，"一星期前才做好的。这可是两个宝贝，边框是用新白桦木做的，网是结实的高粱秆编的！"

"可是，克林，等你把你那双巨人的大脚塞进那玩意儿，我们都已经走好远了吧。"瑞洛轻蔑地笑道，然后就在雪地上狂奔起来。

洛比克姐弟也哈哈大笑几声，跟着瑞洛跑了过去。

"让你们先跑！等着瞧，我一眨眼就能追上你们！"克林克斯自信地笑着喊道，然后，开始把雪鞋往脚上套。但是，还真如瑞洛所说，要把他

的大脚塞进去并没有他想的那么容易,而且他越是着急,越是塞不进去。

　　"哎呀!我应该把网子再做大一点儿……"他想着。

　　然而,一阵突然响起的大叫声打断了他。

四

地狱乌鸦

克林克斯抬头一看。

"啊啊啊!"

"救命啊!"

是格琳和尤可的声音!姐弟俩和瑞洛此时已经沿着小路一直跑到了一块大石头后面,克林克斯完全看不到大石头后面究竟发生了什么。也许是突然有了动力,雪鞋一下子就穿上了,克林克斯飞快地站起来,朝他们冲过去。终于,他

地狱乌鸦

看见石头上方突然出现了一片不知道从何而来的"黑云"，那凌厉的气势十分骇人。

"地狱乌鸦！"克林克斯突然想到，法拉巴斯曾提醒他们，这道险坡不仅崎岖难行，而且很有可能遇到一群饥不择食的"地狱乌鸦"！

看到石块背后的情景后，克林克斯立即意识到形势不妙。石块后面的小路突然变窄，而且一侧是悬崖，悬崖上原本流动的瀑布被大雪冻成了一道挂满冰柱的冰瀑。而另一侧，十几只乌鸦包围着格琳、尤可和瑞洛，像即将离弦的箭一样随时准备向下俯冲。眼见自己势单力薄，机智的瑞洛唯一能做的就是用爪子不停地刨地上的雪，在眼前形成一片迷蒙不清的雪雾，好让虎视眈眈的乌鸦们无法瞄准他们。

情况紧急，克林克斯完全没有思考的时间。

雪猎人
XUE LIE REN

他下意识地举起背包作为武器，奋力地朝乌鸦们挥舞起来，试图打跑它们。

"滚开！你们这群吃人的魔鬼！"他一边挥舞着背包，一边大叫道。

乌鸦们显然没想到会突然闯来一个体形庞大的巨人，显得措手不及，于是只能拍打着翅膀，呱呱乱叫着四散逃开了。

袭击似乎已经结束，但所有人都没想到，从尤可背后突然蹿出两只潜伏着的黑乌鸦，恶狠狠地朝他扑了过去。

尤可一边后退，一边疯狂地挥舞手中的望远镜，试图抵挡它们的进攻。

"笨蛋！小心后面！"眼看尤可就要退到悬崖边了，格琳哑着嗓子大叫一声。

然而，这声提醒还是晚了。尤可一只脚踩

40

空,整个人瞬间失去了平衡。

听到格琳的尖叫,克林克斯立刻转过身朝乌鸦冲了过去。偷袭的乌鸦惊慌而逃。

同时,反应灵敏的瑞洛猛地朝尤可扑过去,

伸出一只爪子企图拉住他。尤可使出全身力气想稳住身子,拉住瑞洛伸来的爪子,然而,他脚下的积雪太厚太松,他的身体还是不由自主地朝后倒了下去。

"不要!"格琳绝望地尖叫。

叫声回荡在寂静的山谷。

瑞洛僵在原地,一只爪子徒劳地伸在空中。克林克斯双眼布满恐惧,不敢相信尤可就这么消失在了悬崖边。

"尤可!尤可!"他发出如野兽般嘶哑的叫声,扯得嗓子都生疼。

在布满冰块和碎石的深渊下,不知从哪儿传来了尤可微弱的回应,但仅仅一刹那就消失不见了,只剩下一片死寂。

"尤可!"格琳、瑞洛和克林克斯没有放弃,持

续呼喊着，但很长一段时间里，他们都只能听见自己的回声。

　　克林克斯感觉自己的喉咙像被鱼刺卡住了，完全说不出话来。眼泪渐渐模糊了双眼，最后，他无力地跌坐在地上。

　　就在这时，一阵微弱的呼救声打破了这死一般的寂静："救命啊！我在这儿！"

　　"尤可?"瑞洛终于从一尊僵立的"冰雕"惊醒

过来,赶紧沿着悬崖边仔细搜寻起来。

"在那儿!我看到他了!"它大喊道。

格琳和克林克斯赶紧跑过来,朝它指的方向看去。原来,在掉下去的时候,尤可抓住了崖壁上伸出来的一块石头。此刻,他的整个身体吊在凛冽的寒风中,摇摇晃晃。

"抓紧了,笨蛋!"格琳鼓励道。

"我这就来拉你。"瑞洛说完,立刻准备找个地方下去。

"等一下!"克林克斯马上制止它道,"你疯了吗?你这样下去,一不小心就会摔个粉身碎骨!"

"我知道。但是尤可就挂在下边,凭他自己是不可能爬上来的,而且也不知道他还能撑多久!"瑞洛带着哭腔喊道。

"我明白,我明白,但你不能就这么下去。"克

林克斯说着,从背包里取出一卷绳子。

他动作麻利地先在绳子的一端系个活扣,拴在一块尖石上,然后,把另一端在自己的腰上绕了两圈,再牢牢地打了个结。

"好了……我下去。"他说。

"克林……一定要小心!"格琳眼里噙满泪水,感激地看着他说。

此时,克林克斯觉得自己充满了能量。他知道,现在只要成功地把尤可救上来,那么一切就会像没发生过一样。

"放心!"他露出一个自信的笑容,"你们在这儿等着,一分钟之后我准能带着尤可回来。"

不再多说,他轻巧地跳下了悬崖。

克林克斯跳下去的位置正好在一面冰瀑的旁边,他紧紧地攀住一根粗壮的冰柱,在岩壁上

地狱乌鸦

寻找着一个又一个的落脚点，手脚并用，敏捷地向尤可靠近。

"克林！"尤可看到冰柱后面突然出现的克林克斯，激动得说不出话来。

"嘿，下次再说你想冒险的时候，可得考虑清楚啊！"克林克斯开玩笑说。

最后精准的一跳，克林克斯终于来到了尤可的身边。他伸出一只手握住尤可，把他放在了自己的肩上。好了，接下来的问题是该怎么爬上去。

克林克斯环顾了一眼四周，立刻判断出能爬上去的路只有一条。他需要先跳一大步，到达旁边凸出岩壁的一块平坦的大石头上，然后，再从那儿拉着绳子往上爬。

他转过头对尤可说："你能接受……再小小地飞一下吗？"

47

五

杂技演员的脚踝

格琳和瑞洛站在悬崖边关注着下面发生的一切，心都提到了嗓子眼儿。

"他们爬得上来吗？"格琳紧张地咬着指甲问。

"克林一定没问题。"瑞洛安慰道，"再过一会儿，他们就回来了。"

这时，克林克斯深吸一口气，慢慢地弯下了双膝……然后，他猛地腾空一跃！

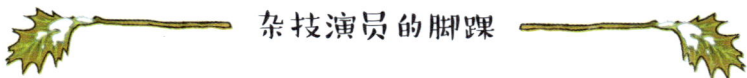

这个被克林克斯称作"小飞一下"的惊险一跳,终于还是成功着陆了。

但没想到的是,这块大石头因为表面结满了冰,非常滑,克林克斯一下子重心不稳……

在上面紧盯着的格琳吓得一声尖叫。

还好克林克斯的身手十分敏捷。他灵巧地向后一跳,牢牢地抓住了一块石头。老天爷,总算是有惊无险!

格琳和瑞洛这才稍松了一口气,赶紧跑到克林克斯跳下去的地方等着。

最后,拼尽全力一撑,克林克斯终于爬了上来。格琳跑过去一把抱住弟弟。

"笨蛋!你这个大笨蛋!吓死我了!"说着,她越发紧地搂住了弟弟。

"格琳,见到你真高兴! 我以为再也见不到

你了!"尤可说。

"傻瓜!"格琳温柔地拍着尤可的后背。

瑞洛则是跳到克林克斯的肩上,蹦来蹦去。

"你太厉害了,克林!"它忍不住夸赞道,"你圆满地完成了一项不可能完成的任务! 这下好了,即使找不到'蜻蜓马戏团',你也可以代替他们表演个杂技了。"

"难得听到你这么真诚地夸我啊,瑞洛! 不过,我还是想找到马戏团。"克林克斯笑着回答。

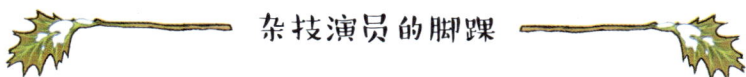

太阳很快就要落山了,从西边山脉上刮来的寒风冰冷刺骨,所以,终于重聚在一起的冒险小分队又得立即起程了。

然而,没走多远,大家就发现不对劲儿。因为克林克斯走得越来越慢,到后来甚至一瘸一拐起来。

"嘿,等等,"瑞洛说,"你还好吗?"

"嗯……"克林克斯回答得很犹豫,"就是这只脚踝……刚刚那一跳……没事,我们赶快走吧,到'四方堡垒'还有一大段路要走。"

瑞洛知道克林克斯总是固执又骄傲,所以根本不信他。于是,它自顾自地跳到雪地上,绕着克林克斯的脚认真看了两圈。

"我的天哪,克林! 你管这叫'没事'? 你的脚踝肿得跟西瓜一样大了!"

　　的确,克林克斯的脚踝现在又红又肿,裤脚都快被撑破了。

　　"都是我的错!"尤可呜咽着说,"都是因为我不小心掉下了悬崖,克林是为了救我才弄成这样的。"

　　"别说傻话了,"克林克斯制止道,"是我决定要跳那一下的,我应该更小心一点儿才是。"

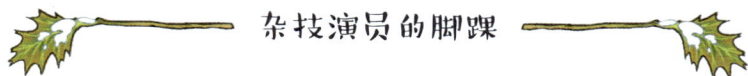

"别说这些废话了,你知道现在最重要的事情是什么吗?"瑞洛打断他说,一副心中早已打定主意的样子,"既然你已经受伤,就不能再做我们的头儿啦。现在,一切都得听从我瑞洛队长的指挥!"

"那您现在有什么指示,瑞洛队长?"格琳挑眉问。

"第一条:把地图给我!"

格琳无可奈何地叹了口气,听话地把袖珍地图递给了瑞洛。这只松鼠接过地图,立刻认真地查看起来。

"同志们!"不一会儿,它抬起头大声宣布道,"第二条:向后转! 计划更改!"

"什么?"克林克斯和洛比克姐弟异口同声地叫起来。

　　"你们没听错,"瑞洛解释道,"去'四方堡垒'的路又远又不好走,现在克林的脚踝肿得像个大西瓜似的,我们不可能在天黑之前走到,所以,我们现在要到……另外一个地方去!"

六

神秘的地方

　　不顾同伴们一连串的提问和抗议,瑞洛自顾自地出发了。没办法,大家只能跟上它。

　　太阳已经落在了远方雄伟的古尔亘山脉后。失去了阳光的温度,空气变得越发的寒冷刺骨。三人跟着瑞洛,缓缓前行。在经过一个分岔路口时,他们离开原来的路线,拐入了侧边一个更加荒凉寂静的小山谷。

　　"哎……瑞洛……"格琳小声说。她看着眼

前荒凉的景象,心里不免有些不安。

"谁让你说话了,小笨蛋?瑞洛队长命令你:现在开始,给我祈祷吧!"

"祈祷?祈祷个啥?"尤可不解地问。

"祈祷我们要去的那个地方和我曾经做榛子生意时的样子不要差太多。"瑞洛解释道。

洛比克姐弟同时用充满疑惑的眼神看向克林克斯,然而,克林克斯一摊手,表示他也完全不懂瑞洛在讲什么。

又继续走了一阵，天就要完全黑下来时，他们终于来到了一片空旷的平地上。平地中间长着一棵不知何时已经枯死的千年老树。

瑞洛深吸了一口冰冷的空气。

"干松果的味道……好兆头！"

格琳和尤可交换了一下眼神，更加迫不及待地想知道到底是怎么回事。模模糊糊中，克林克斯仿佛看见有一缕细烟从一棵大树的断枝中飘了出来。他想，一定是因为自己太累，以及脚踝处的剧痛让自己头晕眼花了。

瑞洛径直跑到大树底下，绕着裸露在雪地上的树根跳来跳去，完全无视同伴们惊讶的眼神。随后，它又开始有节奏地敲击粗壮的树干。

"咚咚咚，咚咚咚……"

"噢，天哪！"尤可扶着额头，难过地说，"现在

好了,连瑞洛都疯了。"

"你才疯了呢!"瑞洛立即反驳他说,"这是我们过去的一种秘密暗号,我只希望一切都还没有改变。"

说完,它又接着敲了起来。

"咚咚咚……"

三人正打算刨根问底,然而,就在这时,树干底部突然打开了一扇门!一只浣熊的脑袋伸了出来,它的一只眼睛上绑着绷带。

克林克斯、格琳和尤可的嘴巴全都张得圆圆的,呆立在原地,而瑞洛则一下子蹦到了浣熊的身上。

"嘿呀,比利波! 老家伙,可有一阵儿没见到你了! 最近过得好吗?"

"谁啊? 这是……"浣熊语气不太友善地说。

不过,当它仔细地打量了一番之后,显然是认出了瑞洛,语气立刻变了:"我说是哪个毛球呢!原来是你啊,大森林里的松鼠瑞洛!你跑到这个鬼地方来干吗?……"

眼看它们即将上演一段老友久别重逢的常规戏码,比利波却突然一眼看到了外面站着的大个头儿克林克斯。

"我的妈呀!"它大叫道,"你带个巨人来敲我的门,你脑子进水了吗?"

说完,浣熊就准备砰的一声关上门。不过,好在瑞洛早有准备,它的半个身子已经钻了进去。

"你冷静一下,比利波!"瑞洛吼道,"他不是一般的巨人,他叫克林克斯·科尔特奇亚,就住在佛隆多萨边上,你肯定听说过他。"

浣熊不再吭声,停顿了一秒后,它似乎想起了什么。

"克林克斯·科尔特奇亚?"它若有所思地说,"就是那个……那个一个月前使森林免于大火的巨人?"

克林克斯跛着脚向前走了两步,弯下腰蹲在门前,自我介绍道:"没错,比利波先生。就是我,克林克斯·科尔特奇亚,很高兴见到你!"

"很高兴见到你!"浣熊回应道。

不过,它的表情中仍然带着疑惑。

"只是,你们来这儿干吗呢?"它问。

于是,克林克斯从"蜻蜓马戏团"的失踪讲起,再说到他们此行的任务,最后,又讲了路上发生的意外。

"我们遭到了一群'地狱乌鸦'的伏击,然后

出了一点儿意外，我的脚踝受伤了。这样，我们就不能按原计划在天黑以前到达'四方堡垒'。于是，瑞洛才带我们来了这里，你的家。"

听到这儿，比利波和瑞洛同时哈哈大笑起来。克林克斯和洛比克姐弟疑惑地互相看了一眼，不明白它们在笑什么。

瑞洛只好解释说："这不是一个'家'，克林。这儿比'家'高级多了。这可是远近闻名的'独眼龙比利波的旅馆'！"

七

比利波的旅馆

　　比利波终于把冒险小分队请进了它的旅馆。

　　"你得趴着进来，克林克斯，而且一定要小心。"它提醒说，"这可不是给你们巨人开的旅馆。"

　　"放心吧，"克林克斯轻松地说，"我在佛隆多萨生活了这么久，已经学会了作为一个'巨人'应该怎么行动。我会非常小心的。"

　　比利波的旅馆就建在被凿空的大树干里面，这恐怕是克林克斯见过的最神奇的事了。一排

小木台阶沿着树干内壁盘旋上升，墙壁上凿着一个个小洞，洞里铺着厚厚的稻草。一个个洞里分别住着松鼠、睡鼠、刺猬、雪貂等动物。温暖的草洞把寒冷隔在了外面，洞里仿佛是另一个世界。角落里，一些石块围了一个圈，里面正噼里啪啦地烧着一簇小小的火苗，一根生锈的旧铁管伸在火上面当作烟囱。而地板上是由落叶铺成的一层厚厚的地毯，住客们正坐在上面嗑着各种坚果，一边玩牌一边闲聊。

当克林克斯匍匐着从大门爬进来的时候，整个旅馆都安静了。

"大家不必惊讶！"比利波用一贯热情而亲切的腔调说道，"这位年轻的巨人是克林克斯·科尔特奇亚，你们肯定都听说过他，所以不必害怕。"

显然，在场的各位的确都听说过克林克斯的

大名，一阵兴奋的喊喊喳喳声在旅馆内响起。动物们一边低声议论，一边时不时地用爪子指指克林克斯。

"晚上好，各位！"克林克斯热情地跟大家打完招呼后，找了一个空闲的角落坐下。终于能够坐下来休息了，他觉得十分满足。

"晚上好！"格琳和尤可也跟着说，紧接着坐到了克林克斯身边。

"哈哈！"瑞洛笑着拍了一下比利波毛茸茸的后背，"感觉像回家了一样！嘿，你那陈年的核桃酒还有吗？"

"当然了，老伙计！西边最好的核桃酒！"比利波说着，快步走到一个白色木桌后边，回来时手里已经端着满满两大碗芳香扑鼻的核桃酒。两位老朋友碰了个杯，庆祝这难得的久别重逢，

然后几大口便豪饮干净了。

"真是美味!"瑞洛满意地擦擦嘴,放下了酒碗,"话说,你还在做你那臭烘烘但无比神奇的药膏吗?"

"那叫'宇宙无敌比利波的神奇药膏'!"浣熊脸上显出一丝不高兴,"不过你问这个干吗?我看你好好的啊,老松鼠?"

"不是给我。克林克斯不是说他的脚踝受伤了吗,我想让你给他涂一涂,这样我们明早才能接着赶路!"

"这样啊……那最好先让我看一眼。"比利波说。

克林克斯和洛比克姐弟看着浣熊和瑞洛走了过来。

浣熊走到克林克斯脚边,立刻注意到了他那肿大的脚踝。

"哎哟,我的天!"它叫了一声,"你恐怕摔得不轻啊!"

"唉!"克林克斯叹了一口气,说道,"我只希望它明天能好。"

"你这样躺一晚就期盼它会好是不可能的,小子。你要想好的话,就得靠我的'宇宙无敌比利波的神奇药膏'!"浣熊骄傲地说。

"啊?靠什么?"克林克斯一下子被那个奇特的名字搞懵了。

比利波没有回答，而是直接又走到了白木桌的后面。

"相信它吧，克林！"瑞洛说，"我亲眼看到比利波的药膏治好了无数的动物。只是有个小小的问题……"

这时，比利波已经两手抱着一只小木桶走了回来，而瑞洛口中的"小问题"一下子不言而喻了——小木桶里正散发出一阵阵令人作呕的恶臭。

"嗯！"格琳捏着鼻子，一副要吐出来的样子。

"好恶心啊！"尤可也说。

"气味确实不好闻，但是效果绝对神奇哦！"比利波保证说。

"但是也太……这里面到底装的什么啊？"克林克斯问。

浣熊张开嘴正要揭秘药膏的成分，却被身手

奇快的瑞洛一把捂住了嘴。

"听着,克林,现在你只有两个选择:一是让比利波告诉你里面装的是什么,然后你一定会铁了心拒绝把它涂到身上,这样你就好不了;二是停止问这些没用的东西,一捏鼻子,明天你的脚踝就什么事都没有了。你选哪个?"瑞洛坚定地说。

克林克斯叹了口气。这个时候,婕美妮亚女王一定已经在佛隆多萨到处贴满了告示,告知大家"白枝节"将推迟一天。他想起出发时大家对他满怀期待的眼神,如果这个最受期待的节目最终没有上演,他们该有多么失望!最重要的是,如果不向"蜻蜓马戏团"伸出援手,他们会有什么样的结果?

于是,他下定决心,只要有一丝可以治好脚

踝的希望,他都不能放过。

"好吧,比利波先生!"他伸出自己的脚踝说,"能不能好就全靠你了!"

"很好,小子!"浣熊满意地点点头,"可不准反悔哦!"

不给克林克斯犹豫的机会,比利波立刻打开木桶,一把将那淡黄色的恶臭药膏涂在了克林克斯的脚踝上。涂完之后,它又用干树叶把他的脚踝稳稳地包扎起来,这才满意地盖上了盖子。

"放心吧,明早你就会活蹦乱跳得跟只羚羊一样。那我就失陪啦,各位,我得去看看我煮的芸豆汤。"说完,它就向一旁火堆上咕噜咕噜沸腾着的铁锅走了过去。

在暖和的比利波的旅馆里,寒冬的夜晚也不那么可怕了,反倒显出一副安静祥和的样子。晚

饭后,瑞洛和比利波围坐在火堆前,追忆它们以前那些令人捧腹的趣事。伴随着它们愉悦的谈

笑声，克林克斯很快就进入了梦乡，只不过这个梦里充满了险峻的巨石、邪恶的乌鸦以及散发着恶臭的沼泽……

八

旱獭山

第二天清晨，克林克斯被一阵突然而至的冷风冻醒了。他揉了揉惺忪的睡眼一看，立刻明白过来，应该是哪位早起的客人出去后忘记把大门关严实了，寒风就是从门缝中嗖嗖地灌进来的。

"咝……"克林克斯被冻得一个激灵跳了起来，赶紧去把门合上了。然而，他走回来坐下时，才突然意识到，刚才他跳了起来，还走了几大步，但脚踝一点儿痛感都没有了！

　　克林克斯又站起来走了几步,使劲儿跺了跺脚,再抬起一只脚,单脚跳了两下。

　　竟然真的完全不疼了!

　　"比利波的药膏还真是绝了!"他心想,简直令人难以置信。

　　格琳这时也醒了,开心地看着他。

　　"你真的……"她惊喜地说。

　　"没错! 比利波的药膏太神奇了,我的脚踝跟新长出来的一样! 现在太阳也已经升起来了,我们可以重新出发啦!"克林克斯的脸上洋溢着喜悦。

　　格琳当然也迫不及待地想赶快找到"蜻蜓马戏团"。于是,她立刻俯下身去叫醒还在昏睡的弟弟,告诉了他这个好消息。

　　尤可揉了揉眼睛,说道:"不错嘛! 我昨晚还

旱獭山

梦到你的脚变成了一块石头,从你的腿上脱落下来了呢!"

"天哪,真是的……你怎么睡着了比你醒着时还笨啊!"格琳翻了个白眼说。

尤可一脸委屈。

"我们出去用雪洗把脸吧?"克林克斯建议。两姐弟欣然同意了。昨晚刚下的雪洁白而柔软,克林克斯把脚上干掉的药膏洗得干干净净,同时也一并洗去了昏沉的睡意。但当他们清爽地回到旅馆里时,却发现有人跟他们完全不在一个节奏上:比利波和瑞洛还躺在火堆边的两个小草垫上呼呼大睡。

这时,其他的客人也都陆续醒了,旅馆内重新变得生机勃勃。然而,那两位老朋友昨晚久别重逢,聊得太高兴,睡得太晚,以至于到现在仍然

77

没有一丝要醒的迹象。

"咱们得赶紧向比利波道谢,然后才好出发啊!"克林克斯说。

"是啊,但是你看它们……"格琳指着正在酣睡的浣熊和松鼠说。

"我有办法了!"克林克斯脑中灵光一闪。他走到比利波的柴房,挑了一根看着有些年头的短粗木块,然后,拿出一直随身携带的小刀开始刻起来。刀柄上他父亲的名字显出岁月的痕迹,那

是父亲留给他的唯一的纪念。

短短几分钟以后，在格琳和尤可惊讶和崇拜无比的目光下，一块普通的木头竟摇身变成了一座惟妙惟肖的雕像——一只小浣熊窝着身子睡得正香。克林克斯满意地看了看自己的作品，然后把它倒过来，在底部用刀刃轻轻地刻上：

大恩不言谢，比利波先生！

克林克斯·科尔特奇亚

他把雕像放在了睡着的浣熊身边，这样它一醒来就会发现这个最特别的致谢。至于瑞洛，克

雪猎人
XUE LIE REN

林克斯把它轻轻地从草垫上捧起来，放进了自己的大衣口袋里。大懒虫瑞洛睡着的时候连打雷也不会醒，于是三人一路上都听着它那均匀而有节奏的呼噜声。

克林克斯和洛比克姐弟走回昨天分岔的小路上。一个小时后，瑞洛才从口袋里探出头来。

它看了看四周，说道："我说这床怎么这么晃呢……"一句话把大家都逗乐了。

它从口袋里钻出来，利索地爬进克林克斯的背包，不一会儿再钻出来时，嘴里已经叼着一大块杏仁甜饼了。

"你倒是自觉啊，松鼠！"克林克斯打趣他说。

"瑞洛队长的一天必须从丰盛的早餐开始！"

"岂止是丰盛？"格琳说，"我可记得有一次看到你……"

80

旱獭山

然而,格琳的话还没说完,就被眼前的一幕惊呆了。

因为瑞洛突然停止了咀嚼的动作,接着,竟然把杏仁甜饼塞回了克林克斯的背包,然后,它飞快地跳到雪地上,小鼻子前后左右不停地嗅着四周的空气。

"又闻到什么好吃的了?"尤可打趣道。

"不是,我闻到了一丝……危险的气息!"瑞洛回答道,同时四脚在雪地上焦躁地跳来跳去。

大家立刻警惕地看向四周。他们此刻正走在一片平缓安静的丘陵地区,身边时不时会出现一小片森林或几间房屋。

"我觉得一定是地狱乌鸦的袭击让你变得太敏感了,瑞洛!"克林克斯担心地说。

瑞洛丝毫不理会他的话,又沿着沟渠和旁边

的田野仔细侦查了一遍,然后,它有些不甘心地一路嘟囔着回到伙伴们身边。

"但是……"它嘀咕道,"真的很奇怪啊!"

但此刻,格琳担心的却是另外一码事。

"这已经是去往旱獭山的最后一段路了,"她盯着手中的地图说,"但还是连'蜻蜓马戏团'的影子都没见着。"

"感觉他们就像根本没出发一样。"尤可说。

克林克斯摸着鼻子,沉思起来。

"人们都说斯宾克是个十分严肃认真的人,但是,我在想……会不会是他们每次演出成功之后都要庆祝一番,而前几天刚好在旱獭山有一场表演,大家表演完后一不小心喝多了,耽搁了出发的时间?"

格琳摇了摇头。

"不，克林，这绝不可能。斯宾克平时从不喝酒，东西也吃得非常少，所以绰号才会叫'蜻蜓'，就是因为他跟蜻蜓似的又瘦又轻。"她解释说。

"哎呀，你说的可不是我们的瑞洛吗？"尤可趁机调侃说。

要是在平常，瑞洛早就开始还击了，然而，它今天一反常态，周围的一丝风吹草动都能让它惊得跳起来，完全无暇顾及跟谁去斗嘴。此时，它又跑向一棵大树，上下左右到处闻。接着，它嗖的一声跳进了树后面的一簇荆棘丛中，像是有什

么重大发现。

然而,它仍旧一无所获,垂头丧气地走了回来。

"你真的太紧张了,瑞洛。"克林克斯无奈地看着它说。

"随你怎么说,克林。但是我发誓,我真的觉得有人在跟着我们!"

克林克斯神情复杂地看着它,不知道该如何回答。

"是啊,"格琳打趣道,"是看不见的空气在跟着你吧!"

然而,尤可这时却皱起了眉头。

"等一下……虽然我也觉得瑞洛有时是个不靠谱的家伙,但是……"

"但是什么?"格琳追问道。

"其实……我之前似乎也听到了一些奇怪的声音,像是周围确实有人。"

"你们听,我没说错吧!"瑞洛双臂交叉着抱在胸前,一副扬眉吐气的样子。

克林克斯耸了耸肩,说:"我确实没看见周围有什么人,除了雪就是树。不过,我们的确应该睁大眼睛,竖起耳朵,一方面搜寻'蜻蜓马戏团',

一方面也好找找那个神秘的跟踪狂。"

接下来的路程中，一切都显得更加寂静。苍白曚昽的阳光下，"雪之国王"统治下的世界仿佛是一场昏睡不醒的梦境。

沿着旱獭山盘旋上升的这条小路，这时伸进了一片榆树和栗树林中，"蜻蜓马戏团"仍不见踪影。瑞洛终于平静了一些，而得益于脚上的雪鞋，克林克斯也走得很快。

所有的一切，在这过去的半小时中，都显得平静无比。

然而，当他们经过一个急转弯之后，前面的道路中间突然出现了一大堆木头，只有木堆与旁边大树之间的一个窄缝能容人过去。

"哎呀！"没办法，克林克斯正准备从那个窄缝中挤过去，"要把这么一大堆木头堆在这儿，还

真得费点儿力气……"

　　然而，话还没说完，他突然被一阵夹着雪的风击中，一下子失去了平衡。然后，空气中仿佛有一只看不见的手拎起了他的双脚，一阵猛力把他拉向了空中。

　　他感到一张大网罩住了他，挤压着他身体的各个部位，于是，他终于明白发生了什么……

　　他落入了有人恶意设下的圈套中！

九

意料之外

  网袋挂在树枝上摇摇晃晃,紧紧地挤压着克林克斯身体的各个部位。他试图动一下手臂,就引来尤可"哎哟"一声大叫。

  "你别动啊,克林,我们俩都被你的手臂压着呢!"格琳说。

  他又想试试看腿能不能动。

  "停,别动你的大胖腿!"这次变成瑞洛大叫了,"我都要被你压成肉饼了!"

意料之外

克林克斯通过窄缝时,瑞洛和洛比克姐弟都像平时一样挂在他身上,所以这下连带着所有人都被网了进去。

"对不起!"克林克斯说,"我只是想拿我的小刀,看看能不能割开这破网!"

几分钟过去了,除了拉着网的绳子因为晃动发出嘎吱嘎吱的声响外,网里的他们一声不吭,也无计可施。

"哎,对了,瑞洛,试试能不能用你的尖牙齿把绳子咬断!"格琳突然想到。

"你觉得我会没想到这个办法吗?"瑞洛叹了口气说,"关键是现在我夹在克林克斯和他的袋子中间,连根手指也动不了啊!"

克林克斯头一次感觉到了一丝气馁。为什么他们寻找"蜻蜓马戏团"的这一路上,就像受了

诅咒似的,这么不顺利呢?先是遇到了地狱乌鸦,然后尤可掉下了悬崖,接着他的脚崴了……现在,他们又落入了不知是谁设下的圈套中,完全无计可施!

他闭上眼睛,努力把所有不好的想法抛出脑海,集中精力寻求自救的办法。

然而,就在这时,一件意想不到的事发生了。

"我就知道……"一个细微模糊的声音从克林克斯的背后飘来,"不该让你们从我的眼皮底下溜走哪怕一分钟。"

谁在说话?

克林克斯本能地想转过头去看一看声音的主人,但是同伴们抱怨的呻吟声四起,让他不得不停止了动作。

"哎……真是没办法!""神秘人"接着说。

雪猎人
XUE LIE REN

　　紧接着，克林克斯听见身后传来一阵橐橐的脚步声。他的余光先是瞟到一个影子出现在了雪地上，然后，影子一下又跳到了挂着网的树枝上。这下，克林克斯即使不动也能看见它了……

　　没想到"神秘人"竟然是一只狐狸，而且是一只通体银白、细长优雅的狐狸。它此时正专注地用指甲和尖牙又掐又咬，试图弄断拴网的绳子。

　　瑞洛和洛比克姐弟所处的位置背对着狐狸，仍看不到此时发生的一切，因此他们急得像热锅

上的蚂蚁。

"发生了什么?"

"到底谁在讲话啊?"

"从它眼皮底下溜走?什么意思?"

"它是……一只狐狸!它正在帮我们逃出陷阱……对吧,狐狸小姐?"克林克斯说。

"救兵"此时正忙着咬断绳子,哪有空搭理他们。

在狐狸锋

利牙齿的猛力撕扯下,绳子很快就断了。只听咚的一声,大网掉到雪地上,像朵花一样散开了。克林克斯和伙伴们急忙从网里挣脱出来,拍掉满身的雪碴。

"谢谢你,狐狸小姐!"尤可开心地说。

"真是太感谢你了! 如果不是你,我们真不知道该怎么办。"格琳一边说,一边从网里捡回自己的帽子。

克林克斯也连声向它道谢。

只有瑞洛一直沉默着,而且用一种极度不信任的眼神盯着狐狸。

"也就是说……是你一直在跟踪我们?"

狐狸笑了笑。

"应该说算你们运气好,有我老弗里达一路看护。"

"脸皮还真厚啊！"瑞洛不屑地说，"你是从什么时候开始尾随我们的？"

"瑞洛，你怎么这样说话啊？"格琳语气不满地说，"弗里达刚刚救了我们，你不觉得你说话应该客气点儿吗？"

弗里达倒是一脸不在乎的样子。

"远远在你有所察觉之前，松鼠！"它回答，露出一脸高傲的笑容。

"我明明仔细检查过了，雪地上根本没有一个脚印！"瑞洛咬着牙说。

"呵呵，我可是最聪明的狐狸，能让一只松鼠随随便便就发现？"

瑞洛棕红色的大尾巴因为愤怒而颤抖起来。

"一只松鼠随随便便？你也顶多算是只没教养的臭狐狸！"

克林克斯对这样的斗嘴方式早已习以为常。不过,他也对狐狸的跟踪感到十分好奇,于是问道:"你为什么要偷偷跟着我们呢,弗里达?"

狐狸若有所思地沉默了一会儿。

"好吧,实话实说……我跟着你们是为了你肩上那两个美味的玩意儿。你们也看到了,我都饿得皮包骨头了。"狐狸平静地坦白道。

格琳和尤可像是遭到了晴天霹雳,眼里瞬间充满了恐惧。

克林克斯也僵了一下,本能地后退几步,表情立刻变得警惕起来。

"快,你们赶紧躲到我的袋子里!"他对洛比克姐弟说。

瑞洛终于火山爆发了:"这下一切都明了了,克林!现在赶紧抄起棍子,我们一起赶跑这只恶

毒的臭狐狸!"

"你们冷静点儿,听我说完……"弗里达赶紧说,"好吧,你们觉得我为什么要把你们救出来呢?很明显,是因为我改变主意了啊,朋友们!"

"哈,少拿这些小把戏来糊弄人!"瑞洛表示绝不相信,"你这只灰不拉几的丑狐狸就是想让我们放松警惕,然后趁我们不注意从背后下手。"

听到这话,弗里达气愤又无奈地朝瑞洛翻了个白眼。

"首先,我是银白色的,不是'灰不拉几';其次,我说过了,我已经改变主意,绝对不会吃那两个可爱的小人儿。我弗里达说到做到。"

"那最好!"尤可伸了伸脑袋,说完又立刻缩了回去。

"你们仔细想想。"弗里达接着解释,"刚刚你

们被吊在树上时,毫无反抗之力,我要吃掉你们简直比捏死一只蚂蚁还简单。但我没有,反而是饿着肚子站在这儿跟你们好好说话!希望你们能相信,现在我真的对他们俩一点儿想法都没有了。"

这下瑞洛无话可说了,只是不甘心地嘟囔着。格琳和尤可从克林克斯的背包里伸出头来,望向弗里达深邃而清澈的眼睛,想从里面找出是否有说谎的痕迹。

克林克斯反复掂量了一下弗里达的话,确实觉得无懈可击,只是有一件事他还不太明白,于是问道:"那你为什么改变了主意呢?"

"问得好,小子!"弗里达回答,"原因其实就是你们刚刚落入的陷阱……要听全部的故事吗?"

十

雪猎人

　　克林克斯拿了块粗木头放在雪地上当凳子，面对着弗里达坐下来。瑞洛双臂抱在胸前，坐在克林克斯旁边，眼睛里仍然满是警惕。

　　"当然了，弗里达。请讲吧！"克林克斯说，"对了，讲之前你可以先吃一点儿我们的杏仁甜饼。我保证味道一定很好，而且会让你马上恢复活力！"说着，他大方地从袋子里抽出一大块杏仁甜饼递给弗里达。

　　克林克斯这样做，当然是为了确保弗里达不会再有吃掉洛比克姐弟的想法。

　　"谢谢！"弗里达接过来，不客气地啃起来，"我已经饿得什么也不挑了……"

　　它果然三下五除二就啃完了一大块甜饼，抹了抹嘴巴，接着说道："首先我得坦白，跟着你们的时候，我不小心偷听了你们的谈话。"

　　"好一个'不小心'！"瑞洛哼了一声说。

　　"我承认这确实不是什么好习惯……但有时候恰恰帮上了忙。通过你们的谈话，我才知道你们一直在寻找马戏团的下落。"

　　"你知道马戏团的下落？"尤可激动地说。

　　"是的，但是我必须很抱歉地告诉你们……他们现在的状况不容乐观，他们被人囚禁起来了。"弗里达说道。

　　"什……么！"瑞洛大叫道，"被谁？谁会这么做？"

　　"被一个住在这一带的巨人。他叫杜嘎德，但是大家一般都管他叫'雪猎人'。"

　　"这名字听起来就让人毛骨悚然。"格琳说。

　　"这位可口的小姑娘说得没错。"弗里达赞同地说，"那人的确很可怕，又恶毒又

残忍。你们不知道，我曾亲眼见到过多少朋友的性命都葬送在了他的陷阱里！"

"但是，你几分钟前也想吃了我和姐姐呀，不也一样！"尤可气呼呼地说。

弗里达笑了笑，说："那怎么能一样呢？我本来就是野兽，食肉是我的天性，我这么做只是为了填饱肚子而已。但杜嘎德不一样，他到处猎杀动物仅仅只是为了尝鲜！他的家里已经堆满了食物，但他还是到处布置可怕的陷阱！"

"我们中的圈套一定也是他的杰作了？"克林克斯说。

"没错。你们的'蜻蜓马戏团'同样也是栽在他的手里。"弗里达说道。

"你怎么知道的？"瑞洛问。

"我当时到旱獭山来找我的狼兄弟，下山的

雪猎人

时候正好撞见那一幕。那场面真是让人难受！最开始只是两只印第安乌鸦被一张涂满强力胶的网粘住了，那也是杜嘎德的陷阱之一。"

"不一会儿就来了一群乌鸦，试图救出它们的伙伴。"狐狸接着说，"到最后，马戏团所有的动物都来了，我也从山上跑下来准备帮助它们。但就在这时，杜嘎德来了，在他的猎枪威胁下，所有动物都只能被乖乖地带走，只有我趁他不注意时偷偷溜了出来。

"'这下再也不会无聊了！'他当时一路走一路重复，'晚上只要舒服地坐在家里，就能看到马戏团的表演，哈哈哈！'"弗里达模仿杜嘎德邪恶的声音说。

"真是卑鄙无耻！"格琳要气炸了，"竟然想把'蜻蜓马戏团'占为己有！"

"简直忍无可忍!"瑞洛也大喊道,"我们现在就去抄了他的老窝,把马戏团和其他动物都救出来!"

"你先别激动,松鼠……"弗里达说,"要知道,杜嘎德的老窝里可全是各种各样我见都没见过的陷阱,那个巨人狡诈无比,我们要非常小心才行。"

"所以呢,我们现在还没有一个好办法,是吗?"尤可失望地问道。

"那当然也不是,臭小子。"弗里达回答,"你的朋友可是大名鼎鼎的克林克斯·科尔特奇亚,我大森林里的朋友常常跟我说起他。我想,我们可以联起手来,把雪猎人好好地教训一番!说实话,正是因为想到了这一点,我才改变了我的计划。"

克林克斯的眼睛亮了起来。

"对啊！"他兴奋地说，"我们可以联手！弗里达很熟悉这个地方，也比较了解杜嘎德这个人，我们可以一起商量出一个完美的营救计划！"

"如果我们能在那个恶棍的眼皮底下救出马戏团，无异于往他的脸上狠狠扇了一巴掌！"弗里达满意地说。

这一想法瞬间点燃了所有人的斗志。

"已经中午了。"克林克斯看了一眼挂在头顶

正上方的太阳，"不能再耽搁了，弗里达，接下来你有什么好的想法吗？"

"关键是……你们准备好面对敌人了吗？"弗里达问。

"当然！"盟友们齐声回答，气势逼人。

"等我一下……"克林克斯说着径直走向木堆，从地上捡起了大网，转过头来时，脸上露出一丝狡黠的笑容，"也许能派上用场！"

十一

笼中的马戏团

　　狐狸弗里达走在前面，几乎听不见脚步声，克林克斯和小伙伴们踮着脚尖，小心翼翼地跟在后面。远远看去，前面的小山坡上有一间破旧的小茅屋，莫名地透露出一股阴森骇人的气息。

　　弗里达小心谨慎地向四周看了看，然后对大家做了个手势，示意他们藏到前面小池塘旁边的荆棘丛后面去，那儿是方圆几百米内唯一的藏身之处。

雪 猎 人
XUE LIE REN

"前面就是雪猎人的房子了。"藏好之后，弗里达压低声音说道。

"那我们怎么不直接过去？"格琳问道。

弗里达笑了笑，回答说："那样做太鲁莽了。我曾听人说，从前有一个很穷的流浪汉经过这里时向杜嘎德讨水喝，结果被杜嘎德拿枪逼着，被拴住双脚倒吊了起来。"

"可恶，这人简直是全民公敌！"克林克斯说。

"没错，朋友！所以，面对这样一个危险人物，我们一定要万分小心……你们在这儿等我，我先去探探情况，以确保安全。"

弗里达嗖的一声就冲了出去，像雪地上飞过的一支银箭。

"我找到了一条绝对安全的路，直接通向杜嘎德的茅屋。"不一会儿，弗里达就回来了，一脸

骄傲地说，"大家排成一列，绝对不能发出一点儿声音，明白吗？"

大家点点头。然后，雪地上便蓦然出现了一列奇怪的组合：一个巨人在前，两个迷你的佛隆多萨人和一只棕红色的松鼠排中间，一只银白色的美丽狐狸断后。他们弓着腰，小心翼翼地前行，安静得仿佛被按下了静音键。

在克林克斯的带领下，冒险小分队顺利地来到了雪猎人的茅屋前。一个又老又破的顶棚下面是一间柴房，经过的时候，尤可一眼便认出了"蜻蜓马戏团"的行李马车。此刻，它已经被劈成了一块块木条做柴火。

"该死，你会付出代价的！"尤可攥紧了拳头。

他们蹑手蹑脚地来到了小屋的一扇窗户下，不敢发出一丝声音，然后，从窗台下慢慢冒出了

头顶，接着是眼睛……

只见"蜻蜓马戏团"的成员被一个个分开，关进了不同的铁笼子里。瑞洛和洛比克姐弟因为常年看他们的表演，一眼就认出了所有成员：团长斯宾克、小丑演员癞蛤蟆特鲁布、杂技演员雪貂福利斯和福利克、比丽娜公主、魔术师小猫巴尔达……最可怜的是尖嘴鸟弗尔德兄弟，它们强有力的尖嘴巴被杜嘎德用老虎钳残忍地夹了起来。

杜嘎德这时也在房间里面，他的身形几乎有普通巨人的三倍大，长相更是吓人：又密又硬的红棕色头发乱蓬蓬地铺在头上，大鼻子就像一颗凹凸不平的土豆，深黑色的眼睛像两个蓄满恶意的水池。他的脚边还趴着一条灰色的巨型猎犬，模样同样十分凶恶。他们旁边的桌子上摆放着

各式各样的捕兽器，上面锋利的铁牙闪着瘆人的
寒光。

　　"多么伟大的杰作啊！这世上再没有第二个

人能像我雪猎人一样,设计出如此完美的陷阱,哈哈哈!"杜嘎德得意地大笑,接着,他拍了拍恶犬的头,继续说道,"有了这些宝贝,咱们这个冬天就有的玩儿啦!"

窗外的冒险小分队虽然恨不得立刻采取行动,但现在绝不是最佳时机。于是,克林克斯向弗里达示意:我们先回到藏身处去。

冒险小分队正准备行动,却在这时不知从哪儿吹来一股寒风,直击格琳的后背。她立刻感到一阵寒意从脊梁骨蹿上来……

"阿嚏!"格琳忍不住打了个小喷嚏。

原本乖乖地趴在主人身边的恶犬瞬间竖起了耳朵,冲到窗户边开始狂叫起来。

"怎么了?"杜嘎德嘟哝道,"窗户外有什么吗?"

　　克林克斯听见了椅子移动的声音，接着是雪猎人沉重的脚步声，一步一步地朝窗户走来。

　　这一刻，大家恐惧得几乎快要窒息了。

　　"跑啊！"瑞洛低喊一声，拔腿就跑。

　　"等等！"弗里达低声喝道，"雪地上会留下我们的脚印……所有人都跳到那里面去！"说着，它指了指旁边一个废弃的大木桶。

　　一瞬间，克林克斯、洛比克姐弟和弗里达就消失在了木桶里。然而，动作太过敏捷的瑞洛并没有听到弗里达的指示，此时已经独自奔跑在了雪地上。后面传来了窗户被推开的声音，瑞洛别无选择，只能一溜烟地躲进了附近唯一可以藏身的柴房里。

　　杜嘎德推开窗向外面张望时，一切都显得平静而正常。

在这悄无声息的几秒钟里，桶里的人仿佛觉得空气都要凝固了。

幸好，外面终于传来了雪猎人的大笑声："哈哈，你也开始老眼昏花了吗，我的老朋友！外面连个鬼影都没……"

大家正准备长长地舒一口气，却不得不再一次把心提到了嗓子眼儿。

"等一下，"杜嘎德低声道，"这是……"

"别！千万不要！"克林克斯攥紧了拳头想。

他轻轻地支起身子，用头小心翼翼地把桶盖顶开一条细缝，恰好能看到外面的情况。

只见小屋的门砰的一下被推开，杜嘎德走了出来，停在雪地中间，肩上还挂着一个空袋子。

"看来，我得跟你道歉了，老家伙……这些脚印是新印上的……"

克林克斯感到自己的呼吸都要被掐断了，眼睁睁地看着雪猎人消失在了柴房里。

"一只松鼠！哈哈，跟我想的一样！"杜嘎德兴奋地笑道，"一只愚蠢的松鼠自己跳进了我的陷阱里。难道你知道我正好缺顶暖和的毛绒帽？哈哈哈！"

当他从柴房里走出来时，肩上的袋子已经不再是空荡荡的了，什么东西正在袋子里拼命地挣扎，像只即将被送去屠宰场的野兽……

而这个拼命挣扎的小可怜正是瑞洛。

克林克斯感到一股灼热的怒火从心底熊熊燃烧起来，让他条件反射般地想冲出去把瑞洛从杜嘎德的魔爪中救出来。但是，他不得不咬牙抑制住内心的冲动。要知道，杜嘎德又高又壮，说不定身上还带了武器，跟他正面相拼，自己能赢

的概率几乎为零。不仅如此,他贸然出去,只会让雪猎人发现藏在桶里的同伴而已,到那时候,大家都逃脱不了。所以,他只能冷静下来,想办法跟雪猎人智斗!

这边,瑞洛只知道自己前一秒还在飞速狂奔,下一秒就眼前一抹黑啥也看不见了,而后才发现,自己竟然被装进了一个袋子里!它拼命挣扎,直到感觉自己被扔到了地上……终于重见天日了,然而,眼前的场景着实让人更加绝望!

栏杆,一个生锈的铁笼子的栏杆!

"真是倒霉啊!"它心想。

　　但是,它环顾了一圈后,又不禁舒了口气。因为它并没有见到狐狸弗里达和朋友们的身影,这说明他们都没被抓!

　　它被关的房间正好也是"蜻蜓马戏团"被关的房间。它知道,克林克斯和洛比克姐弟一定会在最短的时间内想出办法来营救它。它完全能想象到,此刻他们一定藏在某个地方,计划着怎么给这个万恶的杜嘎德当头一棒。

　　杜嘎德来到他的"囚徒"们面前,身上披着一件厚重的毛皮大衣,浑身散发出一股令人作呕的气味。

　　"还好吗,小家伙们?"他开口道,"现在,我要和我的爱犬出去活动活动手脚,顺便看看有没有其他自投罗网的蠢货。趁这段时间,你们赶紧给我想出点儿新把戏,今晚我还要边欣赏马戏,边

愉快地享用晚餐！"

"杜嘎德先生，"斯宾克绝望地说，"昨天我们表演了整整五个小时，所有压箱底儿的节目都已经表演完了！"

听到这回答，杜嘎德的怒吼几乎快要把窗玻璃都震碎了：

"随便你，蠢货！但你要知道，我厌倦你们的那一天，就是你们统统被扔进锅里的那一天！明白吗？"

"明……明白，杜嘎德先生。"斯宾克垂下头，气若游丝地回答道。

那条猎犬在此期间一直帮腔似的冲着笼子狂吠，直到被主人拉走。杜嘎德离开时锁上了屋门。

瑞洛看了一眼周围，发现大家全都面如死

灰，带着绝望的神情。于是，它当即决定，是时候鼓舞一下士气了。

"嘿，朋友们，别哭丧着脸啦！再过一会儿，我们就可以离开这个鬼地方了！"

"哎，你这松鼠还真是乐观。"魔术师小猫巴尔达丝毫不抱希望。

"不是的，你们相信我！克林克斯·科尔特奇亚，还有我们冒险小分队的朋友们就在外面。他们正在想办法救我们出去。"瑞洛解释道。

这一句话，让原本死气沉沉的马戏团成员们瞬间沸腾起来。

"克林克斯·科尔特奇亚！就是那个住在佛隆多萨的巨人小子？"斯宾克问道，眼里一下子燃起了希望。

"没错！听说他是个天不怕地不怕的冒险家

……他一定会来救我们的!"比丽娜公主说,眼里流光溢彩。

"那真是太好了!"小丑癞蛤蟆特鲁布也呱呱地叫起来。

弗尔德兄弟的嘴巴虽然被老虎钳夹着不能说话,但它们也在笼子里拍打着翅膀跳来跳去,以此来表达喜悦的心情。

瑞洛露出一抹自信的微笑,说道:"我可以发誓,朋友们!有克林克斯在的地方,一定会有好戏看!"

十二

反猎行动

    克林克斯的冒险小分队进行了一个小时的激烈讨论,总算制订出一个万无一失的完美计划,然后,又安排好了每一步的行动。终于,一切都准备就绪!

    古老神话中的"雪之国王"似乎想再次昭示它的强大力量,让一场密集的大雪再次降临大地。这无形中帮了克林克斯他们一个大忙。

    当看到雪猎人和他的猎犬重新回到小屋,关

反猎行动

好门后，克林克斯、弗里达、格琳和尤可最后互相
交换了下眼神，便四散开来，分别到自己的战斗
地点就位。

针对雪猎人的反猎行动马上就要开始了！

格琳和尤可跳进一条足够为他们提供掩护
的深沟，然后，沿着沟一路跑到荒野中间存放杂
物的一间小草房里。同时，克林克斯从背包里取
出装满樱桃汁的水壶，把鲜红的汁液淋在了狐狸
弗里达的后腿上。

"去吧，弗里达！接下来全看你的了！"他说。

弗里达点了下头，便朝杜嘎德的小屋跑去。
当跑到离小屋不远的地方时，它倏地停下来，开
始在雪地上一边拖着后腿前行，一边痛苦地呻
吟，就好像受了重伤一样。它就这样一瘸一拐地
走到一棵大树下，然后突然倒地，仿佛耗尽了最

后一丝力气。

诱饵已经放出,就等着大鱼上钩了!

小屋的门突然被拉开,听到弗里达惨叫的杜嘎德好奇地走了出来,身后跟着那条猎犬。他用野兽般敏锐的目光环视了一下四周。当然,他很快就发现了弗里达留下的鲜红"血迹"。他的目光一路循着"血迹",终于发现了倒在大树下的弗里达。

"哈哈哈!"他欣喜若狂地大笑道,"我们最近真是走狗屎运了啊!先是抓到了一整个马戏团,再是那只愚蠢的松鼠自投罗网,现在又有一只银白色的漂亮狐狸送上门来。这蠢货看起来伤得不轻,一定是尝到了我的陷阱的厉害!哈哈!走,过去看看这只可怜的小狐狸。"

他一边朝狐狸走去,一边从腰上抽出一把匕

首。眼看着离弗里达只有一步之遥了,他得意扬扬地说道:"终于可以有条漂亮的狐狸毛围巾了,真是……"

然而,就在这一瞬间,雪猎人的笑声像是被咔的一下按了暂停键。他感到自己双脚腾空被拉了起来,一秒钟之后,就变成了被勒在网里晃来晃去的大肉球。

"什么鬼东西……该死!"杜嘎德愤怒地大吼,疯狂地左蹬右扯。

他万万没想到竟会被自己设计的陷阱网住!

而这个陷阱正是当初弗里达将克林克斯从中救出的大网,克林克斯料到会用得上,便装进背包里带走了。一个小时前,他们用新绳子替换了原本被弗里达咬断的部分,然后把网埋在了大树下。再加上碰巧天降大雪,正好帮他们掩盖了

反猎行动

所有的行动痕迹。

营救计划的第一阶段取得了圆满的成功,然而这时,明显比臃肿的主人灵活不少的猎犬一下子从网里挣脱了出来。

这一切克林克斯当然早已料到。

弗里达一下子跳到猎犬面前,露出一脸胜券在握的高傲笑容,准备好好戏弄它一番。

猎犬一阵狂叫,愤怒地喘息着,口水都从牙齿间滴了下来。它一埋头,拼足全身的力气朝狐狸冲了过去。而狐狸当然早有准备,一撒腿像道闪电般冲了出去,径直跑向格琳和尤可所在的草房子。

格琳和尤可把门完全打开,迎接"猎物"。不一会儿,弗里达嗖的一声蹿了进来,紧接着便是那条猎犬。眼见猎物已成功被引入陷阱,躲在门

后的洛比克姐弟立即关上门,再利索地爬上门板把门闩插好。

这间小屋的墙壁由一条条木板钉成,而其中最大的一道缝隙刚好足以让又瘦又细的狐狸通过,但那只又大又壮的恶狗却绝对不可能挤过去。猎犬在里面愤怒又绝望地狂叫着,疯了一般地用爪子不停地抓门。

然而,一切都为时已晚,它已经完全落入了冒险小分队精心设计的圈套中。

反猎行动

一切障碍都已清除,克林克斯站在树边等着弗里达和洛比克姐弟的凯旋,而树上的杜嘎德仍然在做无用的挣扎。

"你们是什么人?"杜嘎德怒吼道。

克林克斯看了一眼回到树下的弗里达,笑了笑,说:"我们是什么人并不重要。你只需要知道……我们是专捕猎人的猎人!"

"笑话!"杜嘎德愤怒得整张脸都扭曲起来,"你们敢骑到老虎头上来?我会让你们付出代价的!"

冒险小分队已经聚齐,他们不再理会身后杜嘎德喋喋不休的诅咒,大步走到了小屋门前。

瑞洛最先看到门被推开,一眼便认出了那再熟悉不过的身影。

"哈哈,看见了吗?我说过什么!"它兴奋地

133

大叫,在笼子里跳来跳去。

"嘿,克林克斯,钥匙在那儿!"雪貂福利斯指着一面墙说。

克林克斯取下钥匙,挨个儿打开铁笼。

他最先打开的是比丽娜公主的笼子。门刚一开,它就跳了出来,亲昵地爬到克林克斯的手

臂上表示感谢:"你真是我的英雄,克林克斯!"

所有动物都沸腾起来。

"太感谢了!"

"我们自由了!"

"真是太好了! 我本来都做好了被炖成肉汤的准备……"

"万岁!"

一阵七嘴八舌的热闹之后,克林克斯不得不提醒大家最重要的事。

"不好意思,各位! 虽然我也很想和大家一起庆祝,但是现在佛隆多萨全城的人都在等着看你们的表演呢!"

头顶高贵金发的斯宾克,作为佛隆多萨的一员,马上代表马戏团回答道:

"我们也非常期待今晚能给佛隆多萨带来表

演。你不知道，我最不愿意看到的事情就是让婕美妮亚女王失望……但是，我们的马车没了，想在今晚赶到佛隆多萨是不可能的了。"

"这个你就不用担心啦，斯宾克。我来想办法！"克林克斯微笑着保证。

"是吗？"瑞洛说，"你还能有什么办法？"

"我研究了地图，只要穿过'回声峡谷'，到佛隆多萨就非常近了！"克林克斯解释道。

格琳却马上用难以置信的口气叫起来："'回声峡谷'？你疯了吗，克林？那个坡非常陡，从那里走会要了我们的命的！"

"谁告诉你我们要'走'下去了？"克林克斯露出一副胸有成竹的微笑。

十三

回家之路

　　如果说之前大家对克林克斯的自信还有所怀疑的话，那么几分钟之后，所有人都不得不承认他的脑瓜聪明了。

　　克林克斯放下包，从里面掏出一堆明显切割好的形状各异的小木块，然后，把它们一块接一块地拼接起来。

　　在众人好奇的目光下，一堆木块渐渐有了形状……

首先反应过来的是尤可，他叫道："克林……这个是……你前几天才发明的滑雪车，我们在'驴背'坡上用的那个！"

"没错，这就是我的秘密武器！"克林克斯自豪地说。

斯宾克和马戏团的动物们刚开始还不太理解这个形状怪异的"滑雪车"，但当克林克斯把最后一块木板安装上以后，大家便都恍然大悟了。

"是的，没错！真是一辆滑雪车，你们看！"

"嗯……那里是座位，这两块木板用来掌握方向。"

动物们围着滑雪车不住地赞叹，其中最激动的就是斯宾克了。

"真是太棒了！有了它，我们一定可以在天黑前赶到佛隆多萨，这样就能如约给大家带来表

演啦!"

斯宾克的大眼睛扑闪着喜悦的光芒,他快步走到弗尔德兄弟面前说:"兄弟们,你们愿意先飞去佛隆多萨,把这个好消息告诉婕美妮亚女王和法拉巴斯议员吗?"

兄弟俩的尖嘴巴刚从老虎钳中被释放出来,正愁没有机会活动,听到斯宾克的话,立即开心地咕咕叫了两声,然后一拍翅膀便朝门外飞去。

"太好了!我们也是时候出发了!"斯宾克说,他的心早已飞往佛隆多萨了。

"好的。"克林克斯点头说,"不过,走之前,我还得再做一件事……"

说着,他从杜嘎德的柜子里翻出一个大麻袋,把屋里能见到的所有武器都装了进去:猎枪、剑、刀、弹弓……然后,再把所有的铁笼子以及各

种杜嘎德引以为豪的陷阱圈套,一股脑儿全部扔了进去。

"这些东西要怎么处理?"格琳问。

"我之前看到小屋后边有一口深井,把这些破玩意儿扔到里面再好不过了。"克林克斯微笑着回答。

"你真是个天才,克林克斯!"弗里达由衷地赞叹,"比得上我们狐狸一族了。"

等克林克斯把这个"军火库"加"监狱"的房间全部清理干净以后,他们终于可以出发了。

这支一下子壮大了的队伍渐渐远离了那间阴森恐怖的小屋。当他们走到大树底下时,杜嘎德仍被挂在空中,却已经放弃了挣扎。看到克林克斯带着马戏团准备离开,他又龇牙咧嘴地大嚷起来:"你们这帮兔崽子,你们难道想就这么把我

挂在这里不管了？"

弗里达用一贯平静而优雅的口吻回答道："你这么大个头儿白长了吗？难道还逃不出一张破网？不过，你正好可以好好亲身体验一下你最爱的宝贝哦，看看到底是不是真有你想的那么牢靠，呵呵呵……"

"臭狐狸，有本事你站在那儿不要走，等我出来我们好好算一账……"

他们当然没有时间理会那些无聊的威胁恐吓，也没有停下前进的步伐。不一会儿，雪猎人

略显凄惨的叫嚷声就听不见了。

来到"回声峡谷"的山顶，克林克斯把滑雪车放好，让大家依次坐上去。斯宾克安排大家一个接一个井然有序地坐到合适的位置，确保不会有人在中途被甩下去。

弗里达一路陪伴着大家，开心地帮斯宾克一起安排完了"座位"，这时，终于到了与大家告别的时候。

"弗里达，你为什么不跟我们一起去参加'白枝节'呢？很好玩的！"克林克斯邀请道。

"来嘛！你要是跟我们去佛隆多萨，我就答应你可以吃掉我姐姐！"尤可开玩笑说。

弗里达发自肺腑地笑出了声，但还是摇了摇头，说："谢谢你，小子，但我还是更愿意待在这儿。你们的城市、你们的节日都太热闹了，不适

合我。我们狐狸天生就爱孤独。"

　　正如所有的告别都会伴随着悲伤,狐狸弗里达的离去也让大家十分不舍。不过,这种悲伤情绪并没有持续太久,因为从克林克斯的滑雪车滑下"回声峡谷"斜坡的那一刻起,一场前所未有的刺激旅程就开始了:一个造型奇异的木头车载着一个巨人、三个佛隆多萨人、一只松鼠和一整个马戏团,像支离弦的箭一般,疯狂地飞驰在雪坡上……

虽然过程中伴随着各种惊心动魄的尖叫，但他们终于还是安然无恙地成功到达了坡底。接着，大家又在森林里徒步行走了一个小时。最后，克林克斯带领冒险小分队和"蜻蜓马戏团"终于来到了自己的小屋。

小屋门前的空地上早已挤满了焦灼等待的佛隆多萨人。看到他们回来，人群中立刻爆发出一阵惊天动地的欢呼声。

"欢迎'蜻蜓马戏团'，以及我们的英雄克林克斯、洛比克姐弟和松鼠瑞洛的胜利归来！"婕美妮亚女王站起身说道，"感谢他们的勇敢和智慧，我们佛隆多萨城终于得以在今晚顺利庆祝'白枝节'！"

看到满脸喜悦的人们、处处装点的节日彩灯以及准备就绪的华丽舞台，克林克斯觉得一天里

回家之路

所有的艰辛和疲惫都在此刻烟消云散了。

不过，瑞洛的饥饿感永远不会因为任何事情消散……此刻，它正仰着鼻子，努力嗅着空气中不知从哪儿飘来的一丝诱人的饭菜香。

"你们在这儿等着我!"说完，它就一溜烟地消失不见了。

几分钟之后再回来时，它脸上挂着无比幸福的满足。

"我已经跟后厨的师傅们都说好啦!"它一脸骄傲地说，"今晚会有一大锅香喷喷的栗子蘑菇汤，我让他们专门为我们这群凯旋的英雄多留了一份!"

"'英雄'？要说你身上有什么能称得上'英雄'的地方，也只有你的胃了吧!"格琳嘲笑道。

"没错!"这种时候，尤可最喜欢跟姐姐一唱

145

一和，"还有它的嘴巴，能咔嚓咔嚓吃一整天都不带喘气儿的！"

瑞洛摊了摊手，对他们的说法并不予以反驳。

格琳和尤可准备继续挖苦瑞洛时，人群却突然安静下来，原来是法拉巴斯议员站上了舞台。

"女士们、先生们！佛隆多萨的全体居民们！这一刻，我们已经等待太久。我们曾担心，以为再也等不到他们的到来；我们曾害怕，他们会像我们呼出的一口气，莫名地蒸发不见了……然而事实证明，我们的担心是多余的。朋友们，在这星光璀璨的欢庆夜晚，让我为你们隆重介绍著名的——'蜻蜓马戏团'！"

人们发出热情的欢呼与掌声。

这时，弗尔德兄弟从人群上方飞来，停在了

舞台上,然后分别衔起红叶幕布的一角,拉开了今晚演出的帷幕。在千百双期待的目光注视下,在炫彩夺目的灯光映射下,雪貂福利斯和福利克兄弟自信满满地走了出来,开始表演它们最拿手的杂技。

　　冒险小分队的成员此刻坐在小屋的门前,他们默契地把目光从精彩的舞台上收回来,微笑着互相看了一眼……

　　他们做到了! 所有的艰难险阻都已过去,"白枝节"的狂欢已经开始,而今夜注定又将成为一个令他们永生难忘的幸福夜晚!

下集预告

克林克斯在与雪猎人的正面迎击中,

表现出了非凡的智慧和勇气,

然而,未来又有什么在等着他呢?

请看下一次冒险:

《大风暴来袭》

　　一场百年不遇的超强暴风雨即将来临！如果
树木遭到雷电击打,就有可能引发大火,后果不堪
设想。为拯救精灵王国,克林克斯潜回了自己当
初逃离的工厂……他还能顺利回来吗?

蜻蜓马戏团

1. 售票处
2. 厨房
3. 储物箱
4. 雪貂马车
5. 乌鸦马车
6. 搭建舞台的箱子
7. 招牌
8. 佛隆多萨的大力士

图字 11-2015-260 号

图书在版编目（CIP）数据

雪猎人/（意）阿里桑德罗·加蒂著；尹明月译. —杭州：浙江
少年儿童出版社，2018.4

（克林克斯丛林奇幻故事）

ISBN 978-7-5597-0555-6

Ⅰ.①雪… Ⅱ.①阿…②尹… Ⅲ.①儿童小说-中篇小说-意大
利-现代 Ⅳ.①I546.84

中国版本图书馆 CIP 数据核字（2018）第 015562 号

责任编辑　李艳鸽　赵凯杰　　　美术编辑　陈悦帆
责任校对　沈　鹏　　　　　　　责任印制　林百乐

克林克斯丛林奇幻故事

雪 猎 人

XUE LIEREN

[意] 阿里桑德罗·加蒂/著　尹明月/译

浙江少年儿童出版社出版发行　　（杭州天目山路 40 号）
杭州富阳美术印刷有限公司印刷　　全国各地新华书店经销
开本 889mm×1194mm　1/32　印张 5　印数 1－10000
2018 年 4 月第 1 版　　2018 年 4 月第 1 次印刷
ISBN 978-7-5597-0555-6　　　定价：24.00 元
（如有印装质量问题,影响阅读,请与承印厂联系调换）
承印厂联系电话：0571-63251742